于坚，二十世纪七十年代开始写作至今。著有诗集、散文集、随笔集、摄影集等，凡四十余种。曾获鲁迅文学奖、朱自清散文奖，华语文学传媒大奖杰出作家奖等奖项。云南师范大学文学院教授。

于坚文集·诗歌卷2

飞　行

于坚 / 著

云南出版集团　云南人民出版社

图书在版编目（CIP）数据

飞行 / 于坚著. -- 昆明 : 云南人民出版社,
2018.4
（于坚文集. 诗歌卷 ; 2）
ISBN 978-7-222-16850-3

Ⅰ. ①飞… Ⅱ. ①于… Ⅲ. ①诗集—中国—当代
Ⅳ. ①I227

中国版本图书馆CIP数据核字(2017)第305658号

责任编辑：苏映华　姚实名　徐　霞
装帧设计：人合圖文
责任校对：陈春梅
责任印制：洪中丽

飞行 FEIXING
于坚　著

出　版　云南出版集团　云南人民出版社
发　行　云南人民出版社
社　址　昆明市环城西路609号
邮　编　650034
网　址　www.ynpph.com.cn
E-mail　ynrms@sina.com
开　本　889mm×1194mm　1/32
印　张　5.625
字　数　100千
版　次　2018年4月第1版第1次印刷
印　刷　云南新华印刷二厂
书　号　ISBN 978-7-222-16850-3
定　价　32.00元

如需购买图书、反馈意见，请与我社联系
总编室：0871-64109126　发行部：0871-64108507　审校部：0871-64164626　印制部：0871-64191534

云南人民出版社微信公众号

目　录

飞　行

在机舱中我是天空的核心　在金属掩护下我是自由的意志
一日千里　我已经越过了阴历和太阳历　越过日晷和瑞士表
现在　脚底板踩在一万英尺的高处
遮蔽与透明的边缘　世界在永恒的蔚蓝底下
英国人只看见伦敦的钟　中国人只看见鸦片战争
美国人只看见好莱坞
天空的棉花在周围悬挂　延伸　犹如心灵长出了枝丫和木纹

长出了　白色的布匹　被风吹开　露出一个个巨大的洞穴　下面

是大地布满河流和高山的脸　是一个个自以为是的国家　暧昧的表情

历史从我的生命旁后退着　穿越丝绸的正午　向着咖啡的夜晚

过去的时间在东方已经成为尸体　我是从死亡中向后退去的人

多么奇妙　我不是向前面　向高处　在生长中活着

而是逆着太阳　向黑夜　向矮小的时间撤退

而我认识的人刚刚在高大的未来死去　佤族人董秀英

马桑部落的女人　一部史诗的作者　日出时在昆明
43 医院死于肝癌
现在我是有资格谈论死亡的人　因为我将要降落的
机场死亡尚未开始
在飞机的前方　我不认识任何一具由于食管破裂而
停下来的躯壳

都惦记着自个的旅行袋　心不在焉地看些有字的纸
关照着邻座的女孩
脸孔凑近小圆窗　朝机舱外面看看　太阳照常升起
　天空无际无边
一个个想法一致的脑袋　晃动在座椅的边缘　兴奋
地盼着起飞
谁会有如此大逆不道的念头　一个烂蘑菇的念头

世界啊　你不要离开大地　黑夜啊
不要离开那些火把　道路啊　你不要离开遥远
让我在落后的旧世界里辛劳而死
让我埋在黑暗的大地上　让我在昆虫中间腐烂
让我降落的非洲的烂泥浆里　尾随着一头长满虱子的豹子
走过爬满蜥蜴和荆棘的岩石
“哦　那是诗人的病　这样想才会与众不同！
过几分钟　再笨重的念头也要飞起来　进入失重状态。”

起飞　离开暴乱和瘟疫　离开多雪的没有煤炭的冬天
旋转　在一个长管子的中心　红烧的罐头肉

穷诗人的海市蜃楼　一座移动的天堂　云蒸霞蔚……

离开土著的一切陈规陋习　一颗射向未来的子弹

就要逾越时间的围墙　就要逾越二流的日子

凭着这张一千美元的机票　美好的生活就一览无遗

有人就要用玫瑰去比喻她的母亲

有人就要当上一个纯洁的天鹅饲养员

“我想那美妙的空中　定然有美妙的街市

街市上陈列的一些物品　定然是市上没有的珍奇”

心比一只鸟辽阔　比中华帝国辽阔

思想是帝王的思想　但不是专制主义

而是一只在时间的皮肤上自由活动的蚊子

在一秒钟里从俄国进入希腊　从大麻到天使

从织布机到磁盘　从罗布·葛利耶到康德
从切·格瓦拉到老子　我的领域比机器更自由
刚刚离开一场革命的烙铁　就在一颗玉米的根部
观察蚂蚁或　蚂蚁看到的蚂蚁
我可以在写毕的历史中向前或者退后
犹如将军指挥士兵　向清朝以远会见阮籍
在民国的南方转身　发现革命的内幕　国家的稗史
越过新中国的农场看到工业的胸毛
我可以更改一个宦官的性别　废除一个文人的名次
我可以在思维的沼泽陷下去　扒开烂泥巴一意孤
但我不能左右一架飞机中的现实
我不能拒绝系好金属的安全带
它的冰凉烫伤了我的手　烫伤了天空的皮

从前　女妖的一支歌谣　巨人的一只独眼
就可以把流放者的归乡之路　延长四十年
英雄在海上经过一场风暴　同时也穿越了惊涛骇浪
的一生
当王者尤利西斯　仰望上苍　天似穹窿　笼罩四野
神的脸露出云端
诸神的飞毯啊　令他感动　令他敬畏　令他恐惧
令他跪下来　四肢抓着岛屿

肢解时间的游戏　依据最省事的原则　切除多余的
钟点
在一小时内跨过了西伯利亚　十分钟后又抹掉顿河
穿越阴霾的布拉格　只是一两分钟　在罗马的废墟
之上　逗留了三秒

省略所有的局部　只留下一个最后的目标　省略彼得堡这个局部

省略　卡夫卡和滑铁卢之类的局部　省略　西斯廷教堂这个局部　省略

恒河和尼罗河之类的局部　美索不达米亚平原和希腊之类的局部

“因为这些翅膀不再是飞翔之翼　只不过是用来拍击空气”

每个人都彬彬有礼　笑容可掬　不再随地乱吐　不再胡思乱想

生命已经在未来的热水袋中封闭　贵金属的墙壁不透风的试管

消毒完毕　作为成品中的一员　你不必再费心或者恶心

“抓紧了啊　于是我们冲下去”

牛奶儿童　胸肌男子　时装少妇　快青年和慢老人

靓女们的指甲在飞

暖气座椅可以自由调节　时间一到　配制的营养自动送到

小姐们都是模特儿标准　空心的微笑容光焕发

不爱也不恨　“先生　要茶还是咖啡?

女士，这里有今天的金融时报。”

目标十分明确　地面有雷达导航

公主的大脚丫　会舒适地进入合脚的水晶鞋

新世界在时间前面恭候着诸位　像一位功德圆满的绅士

他会用一把牛肉刀片将你从贫民窟刮下来
再用一把奶油扳手把你在大面包上拧紧

“它寻求什么　在遥远的异地？
它抛下什么　在可爱的故乡？”

一个人一生可以经历三个时代　使用三种辞典
一个城市可以三次成为建筑工地　三次天翻地覆
今天　有什么还会天长地久？
有谁　还会自始至终　把一件事情　好好地做完？
一座大教堂　在安特卫普　用了两百年建成
另一座在巴黎　在三个王朝的兴亡中施工
无用的天坛　高踞中国北方的大野　辉煌的琉璃瓦
恍兮惚兮　令时间虚无　令永恒具象

但另一个天坛　谁还耐心去造?
瞧瞧大家在想些什么　“我没有时间。”
争分夺秒　日新月异　一天等于二十年
从右派到左派　从破旧立新的造反者
到为家具的式样苦思冥想的小市民
从长辈到不懂事的小孩子　都害怕自己过时
与辽阔无关的速度　没有未知数　没有跋山涉水的细节
所谓飞行　就是在时间的快餐中　坐着　原封不动

静止的旅途　不能跑　不能躺　但可以折叠　“我们想着钥匙”
从这一个位子到那一个位子　从这一排到那一排
从这一次正餐到另一次正餐　从这一次睡眠到下一

次睡眠

从这一次小便到另一次小便　从这一次翻身到另一次翻身

预订的降落　预订的出口　预订的风流事与灾难

预订的闲聊和午餐　预订的吉利数字和床位　预定的感冒和头痛

在预定的时差中被一个高速抵达的夜晚押解入境

当你在国王的领空中醒来　忽然记起　你已经僵硬的　共和国膝盖

B 座王大夫是一个好同志　原装的副处级　五十岁获准外运

小医生　一向在大医院做事　在星期一　想象一朵红红的玫瑰　比配制

糖尿病的药剂　更得心应手　天天对女患者说什么
“在远方，有一座岛屿会唱歌；在远方，红鬃马伏
在月亮背上……”
一生都在打听风流韵事　扯谎成性的老丈夫
逼着他说假话的黑暗王国　不是专制主义　是他爱人
一九六六年他没有遇上婊子　而是遇上了广场上的
女青年
所以他最害怕的事就是　柔软　他可以想象各式各
样的手淫
但他的手已经贡献给组织　只能用于不临床的手术

他有些发霉的愿望　在阿姆斯特丹　他要看看
运河上的妇女　就是摸一摸也比寤寐思之要好啊
地面目标接近的时候　他脱掉了工作服　具体的叛徒

才发现他的海绵体是有思想的　太贵了　太贵
从倾向到前列腺　隔着五十个荷兰盾

来自过去　在一条河流的时间中
我获得了基本的智慧　在南方的公寓里
我曾经像道家那样思考　想得多　说得少
窗外是桉树和柳树　树上住着乌鸦　天空有白云和
乌云
“我欲乘风归去　又恐琼楼玉宇　高处不胜寒”
犹如列子　随着秋天　我曾在大地上御风而行
骑着树叶造成的黄鹤　降兮北渚　落彼洞庭
“高飞兮安翔　乘清气兮御阴阳”

约翰的便条上写着　布鲁塞尔有两个机场　你要在

中间的那个下去

陌生的国家　我看不出弗莱芒语的机场与汉语的机场有何不同

我只知道天会下雨　风会在大地上流动　岩石会出现在山上

我只知道　河水会流　鸟在天空　海在水里　城市的尽头会出现原野

我只知道　出入国境线　要交验护照

穿过太阳或风暴　雨或晴　热或冷　悉听尊便

暂时的　一切都是暂时的　座位是暂时的　时间是暂时的

这个航班是暂时的　这个邻座是暂时的

上帝是暂时的　单位是暂时的　职业是暂时的

妻子和丈夫是暂时的　时代是暂时的　活着是暂时的
还有更好的在前面　更好的位子　更好的伙食
众所周知　更好的日子　更好的家　都在前面
“焦虑的羽毛　为了投奔天空　拍卖了旧巢”

一切都在前面　马不停蹄的时间中
是否有完整的形式　抱一而终？
是否还有什么坚持着原在　树根　石头　河流　古董？
大地上是否还容忍那些一成不变的事物？
过时的活法　开始就是结束
它必然是向后看的　鸟的种族
飞行并不是在事物中前进
天空中的西绪弗斯　同一速度的反复

原始而顽固的路线　不为改朝换代的喧嚣所动
永恒的可见形式　在飞机出现之前
但远远地落后了　它从未发展　它从未抵达新世界

过去　孔子和学生驱车周游
在通往宫廷的路上下地步行　遇见了停着的老子
遇见造鼎的国家　遇见青铜之城
遇见美人南子　最后智者停下来
向一棵千年如一日的柏树
学习生活　温故知新

但现在让我们正视这架空心的波音飞机
八千里路云和月　没见着一只蚊子

十二次遇见空姐　五次进入卫生间　共享的气味
至少有八个国家的大便在那里汇合
乘客产自不同粮食的肚子　都被同一份菜单搞坏了

现在要耐心地等一等　守在门外的是玛丽
里面的小子是黑田一郎　他是我们的尿路结石

“楼阴缺　阑干影卧东厢月　东厢月　一天风露
杏花如雪
隔烟摧漏金虬咽　罗帷黯淡灯花结　灯花结　片时
春梦　江南天阔”
一些破损的繁体字　对应着下面　没有幽灵的新城

“类似伦敦的郊区。”　白瓷砖的皮肤　玻璃的视

力　铁栅栏划出的生命线
哦　故乡　发生了什么事情　为何如此心满意足
为何如此衣冠楚楚
从未离开此地　但我不再认识这个地方
旧日的街道上听不见黄鹂说话
七月十五的晚上　再没有琵琶鬼从棺材中出来　对
月梳妆
谁还会跷起布衣之腿　抬一把栗色的二胡　为那青
苔水井歌唱?

“路漫漫其修远兮　吾将上下而求索”
过去是死亡　苦难　战争与革命　流血和饥饿
现在是经济起飞　面包议会　汽车与电视　和平鸽
与炼油厂

将来是污染和性解放　后现代和艾滋病
将来是厌弃汽车　保护环境　重返大自然　提倡步行
预料中的线路　我们只是按图索骥的电工

我会掏出来吗？那里离潮湿非常　非常遥远
国家的阴道是干燥的　杀人的广告布满阳光
在六六年的动物园　我向禁欲的猴子　学习男性的
传统
而一米之外　就是帝国的手术台
在学校我进行了体检　割去多余的舌头
我看见洗脸毛巾的同时也看见我舅舅
在一张双人床和一座梳妆台之间被捕
我姨妈一生都仇恨她的美貌　故国的春天中
当白玉兰在四合院中开放　她提着菜刀投奔了广场

挂在樱花中的喇叭震聋了我的耳朵
红色的钢板上我发现了手淫的钻头　我蔑视
那些软绵绵的事物　我拒绝缩短手指头和一只乳房
的距离
我可以想象一把意志搭成的梯子
如何升入云端　把太阳取下来　挂在物理系的教室里
哦　我的硬邦邦的青春　一座小型的钢铁厂
“我干的活计是焊接钢板。”

靠着K座的扶手我虚构着青藏高原的现场　机舱外
面是零下50℃
里面是人造的春天　而同时在定日的山岗中一位僧
侣体验了季风的温度
他下到水中间喝掉河流的一些舌头　他与一头豹子

说到印度

他的语言因此透明　他种植荞面的手多么美好　他

落后于山上的岩石

“光暗了。”　在落日建造的庙宇中　他说

像黑暗在倾听墨水　像帝国在倾听阴谋

像墙壁在倾听房间　像时间在倾听事物的腐败

一开始　我就处于被听的位置

父权五官之下的婴儿　谁能够抗拒他的监听　审视

是他说　没错　下一趟飞机　就是从那里出发

有些事　当你明白　已经很晚　有些所在

让我事先知道　我也就小心地避开　例如天堂

另一些地方　我知道是地狱　但还是

自觉地照着图纸　配了钥匙

总是在秋天　才去河岸的果园　总是雪积得很厚
才造炉子　总是在最后一班地铁开走　我才到达车站
又迟到了　最后一个美女已经出嫁
不知道是谁做了一切　当你发觉　已经很晚
一切都已经完成　当你明白　事情已经了结
好事情永远在收尾　对于这个已经完工的世界
你无言以对　一切都已经有人说过　一切都有人占有
像是天空中　打捞尸体的工人
多余的家伙　无所事事　作为诗人　只不过是无事生非
让家长和当局生气　总是不合时宜　总是破绽百出

怎么活别扭　我就怎么别扭
一错再错　永远通不过的检讨书

我是世界的缺点　疮疤　眼中钉　梅毒
他让我蒙在鼓中　怪谁呢　是他用土
合成了你　合成了他　合成了我们大家

吾高阳之苗裔兮　吾老杜之高足
一九五四年八月八日的早晨我出生于中国的云南省

一片落后于新社会的高原　在那里时间是群兽们松软的腹部
是一个孵老在天空中的剥了皮的蛋黄　在那里
人和神毗邻而居　老气横秋的地主　它的真理四海皆准
美好的事情就是　背着泉走下青山　美好的事情就是
秋天原野上的稻草堆　美好的事情就是　被蒲公英

的绒毛　辣得流泪
美好的事情　就是刺手的向日葵和杨草果树下的黄草地
美好事情就是春天归来　马鹿泅过下游　青头菌在林中出现
美好的事情就是在母马尖叫的下午
一个男子的右腿被马缨花绊倒在蜡染布上

我已经上路　我会掏出来吗
在旧金山的澡堂里　金斯堡乱伦的器官奄奄一息
他的词典被遗忘在东方的箱子中　他落后于美国而成为诗歌先锋

去年写诗　半年前在炒股票　上周导演舞剧

现在是前往地中海　补习一年级的语文
“是否至少把自己的园地整理好？”
一路上瞌睡连天　除了如厕就不轻易动弹
在安全手册看来　他真是一个配套的好乘客
但是肉体与睡眠　总是貌合神离　它不会跟着什么飞行
你远走高飞　它待在普遍的十九层　在这里飞翔是向下的
一股臭袜子的味道已随着眼皮合拢
为幸福的家庭预订的套间　建造得这么标准
“我们真的很幸福，我们的孩子很健康，
我们吃得好　我们有个温馨的家”
犹如戏剧的现场　出现了真正的人生
一张双人床　一个白马桶　一个带煤气的厨房
没有规矩的被窝　藏污纳垢的拖鞋　索命的小闹钟

收音机一直调在短波 2　裸体画册　事后
在匆忙中揉成一团的卫生纸　过期杂志　空药瓶
皱巴巴的枕头帕　某女士的散文集
讲的是忧郁夏日里　她的那颗心
还有老是嫌它碍事的短裤　都公开地扔在地毯上
男的　蹲在旧马桶上看印刷品　下面是转过脸去的地球
每次都要看一整版文章　幸福婚姻的秘诀
说的都是不能多吃盐巴　不能多吃盐　又是不能多吃盐
梦见热的肥皂水从楼上的洗澡盆放下来的　黄色声音
左手摸摸铸铁的下水管　思考　浪费了的是什么
右手在腹部搜索　探探是否　会碰着可疑的包块
下面完事了　冷不防　螺丝松动的盖板倒下来　砸

中臀部

气恼了两分钟　午餐是什么样子　打个电话　问问

牛奶站

女的　在席梦思上做梦　她的手臂是一只红锄头

歇在黑色的葡萄园　她的梦境里有一只山羊　一只

陶罐

一簇白羽毛　蘑菇变的老妖精　幸福的句号并不远

近在咫尺　当她披头散发　想起飞机票的时候

灯可以随便开　杯子是消过毒的　还有信用卡　所

以不封阳台

普遍的飞行　都一模一样　好像刷油漆　安地板

漱口和做爱

用的都是复写纸　不是地狱　但地狱肯定要有这种

基础

总比自己独出心裁　省事　标新立异　得罪的是一大片甘蔗

得罪的是　普遍的公寓　普遍的坏电梯　普遍的妻子　普遍的丈夫

（他总是醒在十一点半钟　一个被海滩冷落的胖子）

普遍的性冷淡　普遍的偏头痛　普遍的呼吸道感染　普遍的糖尿病

“要是能免费就好了。”

过去我相信诗歌不朽　大地永恒

熟读唐诗　我夜夜故国神游　何时石门路　重有金樽开？

在滇池的渔船上　我经常遇见才子王勃　他骑着白

鹤像骑自行车

哦　那个秋天落霞与孤鹜齐飞　我学习笛子和骚体

热爱白居易

过去我吸附着大地　我知道怎样像一棵橡树那样扩张

轻盈　脱离物质的局限　又获得地基的重量　一旦

我不再受限制

我知道怎样融合淫荡与贞洁　最优美地生长

我知道如何与风一致　又像花岗岩一样坚硬

如何像高原的花朵那样舒展繁荣　又像冬天的心那

样简单清秀

这是一架劫持了时间的飞机

它要强迫一部农历在格林威治降落

本世纪　最前卫的风景

在教堂后面　速度一致的游客　当着上帝的面

掏出雪茄　也顺便掏出生病的阴茎

塞壬的卧室　在粉红色的下水道上　投下人妖般的倒影

姑娘们八点钟上班　对着一只只禁欲的火腿涂脂抹粉

色情过道里人来人往　嫖客们都是世界公民

地铁的出口就是超级市场　疗治万物的医院　清洁卫生

泥巴远离蔬菜　大地的子宫　用塑料布包扎起来

鱼或者熊掌　哲学和艺术漫步在货架之间　犹豫的都是两件事情

兑换率是多少　马上就干　不需要情书探路　不需要红红的玫瑰

不需要絮絮叨叨　不需要信誓旦旦　不需要自我表白

一切繁文缛节　统统免去　起飞　下降　一刻钟就到天堂
面对着生病的红屁股　你会掏出来吗？　我会掏来出吗
这个念头令我心绪不宁　令我的老师心绪不宁　令我的好朋友们心绪不宁　令童男子和少女心绪不宁
令领导和同志们心绪不宁
令皇帝的龙床心绪不宁　你会掏出来吗？

五月的黑夜中我听见一只蜜蜂学会了算术
我注视着一群树枝扔掉叶子　举起了旗帜
这不是一只苹果的叛变　不是一条金色毛虫的阴谋
虚构于黑暗中的花朵　已经成为盘踞于白昼的庞然

大物

有史以来最大的庞然大物　最有力量的庞然大物

它使一切都成为脆弱的　脆弱的大地啊　脆弱的天

空啊

脆弱的水啊　脆弱的狮子啊　脆弱的永恒啊

脆弱的诸神啊　脆弱的长安之月

脆弱的雅典山冈上的石头

“我是一条天狗呀！

我把月来吞了，

我把日来吞了，

我把一切的星球来吞了，

我把宇宙来吞了。

我便是我了！”

在吹箫巷家那边　旧阁楼上住着艾米莉表姐和她的壁虱
中堂上贴着颜真卿的法书　父亲以陆游自许　像毛驴那样走路
转弯的角落挂着篾帽　梧桐树下是黑色的水桶　日复一日
深宅大院里群鬼们在阴凉处睡觉　夕阳穿过西厢照耀着外婆的草墩
母鸡下蛋　家猫飞越横梁　厨房的女巫在歌唱
我的第一首诗感激了原野上的落日
我的第一次爱情献给了在星期六的晚上用脚盆洗澡的母亲
我三岁的时候看见高山　大河　某个晴朗的下午我

知道了鹰的名字

“我们靠这　仅仅靠这而活着
可是我们的讣告从不提起它”

此时此地　幸存的事物还在着
我思念的片断是一个在雨后的田野里爬满露水的南瓜
这思念在夏日的流水中与女人的体温交谈
我思念着云南松冈上一粒睡眠中的松子
它在阳光下爆裂的声音惊动了附近的湖泊
“那一度活着的已经死了　多少得有点耐心”
多愁善感　你小心过早秃顶

现在我们的飞机呀　驶进了眼科的天空

我是这架飞机中唯一的双目圆睁的疯子
空姐推着橘子的黄色小便穿过我的食道　递给我两个眼罩
离未来还有四个小时　她像梦露或夏娃那样盯着我

她要我虚构一个电视的夜晚　或者一个索尼的夜晚

她要我视而不见　把前面的头等舱想象成伊甸园

神赐的一天　多么晴朗
天空系着蓝围裙　就像星期天的妈妈
一大早就出门　来到黎明的市场上
她的篮子里　鲜花在盛开
南方的盆地　一只红色的蚌　吐出了湿漉漉的泥巴

湖泊也是蔚蓝的　鱼在里面游动
少女们鼓起乳房　出了村庄　朝向蜜蜂房
林中空地里　母的都在受孕
守林人的小屋外　坐着一只多情的蝉
碰上这一天　我多么幸运　太阳升起了
万物中的一员　我也是光辉中的生命
神啊　我知道你的秘密

在远离大河的地方　我在阴暗的街道上谈论着汽车的新型号
空气使人疼痛　你在我眼睛的盲点上　很多年　我早已置身事外
我只看见前排的假发　塑料的花在比喻南方的一种植物

群山的阴影中　你已变成母狼　哦　闪办　南方的
菠萝蜜情人
那一天我越过瑞丽江　红色的河水上　漂着亚热带
的黑女儿
哦　赤脚姑娘　你的破裙子上爬着星星般的甲壳虫

你的脖颈上有棕榈树的灰尘

西藏过时了　乡巴佬的陕北啊　你过时了　鲁迅呀
你的社戏过时了
沈从文呀你的湘西过时了　过时了　帕米尔高原布
满松树的尾巴
过时了　村姑们粗野的美　过时了　《小农家的暮》
啊　过时了

喝山泉的村子　过时了　云南荒原上的狐狸　依附着大地的一切

都过时了

西伯利亚的荒原呀　小白桦呀　印第安的部落呀

伏尔加河上的纤夫呀　非洲的青山呀　马神和风神呀

萤火虫环绕的南方之神呀　你们都过时了

“这是一沟绝望的死水　这里断不是美的所在

不如让给丑恶来开垦　看他造出个什么世界”

哦　耳朵里充满金属耗损的噪声

我听不见大地的声音了

听不见它有声音　也听不见它没有声音

大地啊　你是否还在我的脚下？

我的记忆一片空白　犹如革命后的广场　犹如文件袋

戎马倥偬　在时代的急行军中我是否曾经　作为一只耳朵软下来
谛听一根缝衣针如何　在月光中迈着蛇步　穿过苏州　堕落的旗袍？
我是否曾在某个懒洋洋的秋天　为一片叶子的咳嗽心动？
我是否记得故乡的夕阳中　一把老躺椅守旧的弧线？
“小红低唱我吹箫　回首烟波十二桥”
哦　我是否曾在故国的女墙下梦见蝴蝶　在蝴蝶梦里成为落花？

我的听觉只对惊雷发生反应　我习惯于号叫与喧嚣
“一旦被人声唤醒　我们就淹死”

“在着。”　这话多么好　多么古老　多么背时

在高原的月光里面　小杏在着　烫她的黑发
果果含着指头睡在果园里
在着　在东方的梅园里　雕梁画栋涂着梅花的影子

在着　母亲叠起了丝棉被
在着　故乡的小巷　卖山茶花的姑娘来了
滇池在着　里面出生着新的鳊鱼和石头鱼
西山在着　寺庙在白梨花之中
山在着　豹子在湖边看自己的脸
在着　筇竹寺的五百罗汉
在八月的风中　托着瓷钵　走下青山

六小时后我看见一只海鸥在机舱的圆形躯壳外面哑
哑地尖叫

样子恳切　黑色的前蹼在光滑铝皮上抓着　滑下
好像要进入到机舱中来
我相信这就是它真正的愿望　在这个世纪末
一只冻土地带的鼹鼠也知道暖气是好的　现代化是
好的
云南省的　一只户口在鸡㙡菌上的紫色蜗牛　也渴
望着长出轮子
但是让我个人的主义慢些　让我离开这架飞机的时
间　让我
比它更快地落后　让我的诗歌降落在慢吞吞的云南

“在上升中下沉的事物，都是石头的种
他们总是在最后滚下来　砸在时间飞跑的脚踵上”
让我的臭皮囊　跟着飞机继续远行吧　我的诗歌向

着大地飞坠
但是怎么啦　怎么我的屁股挑在烟囱上　诗歌之肉
啊多么娇嫩
这双受伤的眼睛　落在钢铁厂的睫毛里
浪漫主义的降落伞　被红色的救火车扑灭了
在摩天大楼的尖顶上　吊着美学讲师的嘴

一匹真马和它的骑手在北方的原野上慢下来
变成了兵马俑
南方的云会以为他恰到好处
在这架飞机上他永远找不到座位
出生于晋朝的作者　已经适得其所
屋顶建筑在蓝色的丘陵之间　青霭入看无
“乡村教堂的墓地有一棵老水松

每一年春天它都开得茂盛”

“秋兰兮青青　绿叶兮紫茎　满堂兮美人　忽独与余兮目成”

明月上升的时候他会想起松树上的鸟巢

在夏季的洪水到来之前　他涉过溪流　挥锄筑堰

油漆匠唐明修的邻居　工于看见看不见的事物

在 26 个字母之间　他只要了一杯茶

然后在荧光屏上消失了

在远方　头等舱灯火辉煌　来自菊花村的女作家

热爱着微波炉

她丈夫　一个波士顿晚报上的老玉米　不会说汉话

买的是单程机票　玉珍家的丫头深知

只有那么多座位　必须抓紧时间　抢滩夺地

她对一成不变的故乡深恶痛绝　在那边
旧世界等级森严　各得其所　雨水属于泥土　森林属于野兽
田园是劳动者的　黑暗属于所有的眼睛　苹果挂在苹果树上
山羊　总是山羊的样子　天空　成全的是鹰和乌鸦的生活
却把才女的青春　耽误　时代远去了　根在原处
因此愤世嫉俗　乡村现代派　赞成达达主义
咒骂孤陋寡闻的父母　仇视嫉贤妒能的村子
在春天的夜里　当花朵在她故乡的蓝色山岗
一朵朵得意地诞生　她在绝望中　号叫
掐死最后一只跳蚤　把一瓶蓝墨水　统统喝光
自杀未遂　发现了颓废一词　从此对人生有了深刻

的理解

终于跳上飞向天边的班机　抛下一句名言　好日子在山那边

后来她生活在别处　在公寓里相夫教子　重新学习礼貌

深情地使用计算机　站在游泳池边　与白领人士攀谈

发福的家庭妇女　扶着手推车穿越加利福尼亚的落日

在光明普照的超级市场　与正在选购冰冻猪蹄的

垮掉的一代　擦肩而过

“速度太快　你可要抓牢了不放啊！”

山鹰在仰视着我们的飞机　天空中的旧贵族

它曾经是历史上　飞得最高的生物

但现在它在我的脚底下　犹如黑夜扔掉的一条短裤
在我们的飞机中看不见鸟　也看不见云
在我们上面没有鸟　也没有云　上面啊　已经空无一物
我们已经越过上帝工厂的烟囱　越过了他的国旗
天天向上　我们已经高高在上

哦　去天堂的道路是否只有一条航线？
如何消除山茶花进入肥料的决心？
如何离间狼群对动物园的好感？
如何取消一张贫穷的餐桌存在自动取款机中的抒情诗？
如何在一万尺的高处逃跑　降落在皇帝的后宫？

世界的一角掀起来　是根特冬天的雨夜

古老的城　黑暗中的教堂　摩天大楼眼中的老古玩店
汉语三诗人肩并肩　约翰在前面引路　重建巴别塔的智者
后面是美人万伊歌和摇滚乐歌手　最后是扬　一个邋遢的弗莱芒诗人
我们是古代的朋友　好风　从宋朝的树林中吹过来

把万伊歌金色的头发散开在姜白石的词中　只有少数人　会皮肤过敏
七个使徒的鸡皮疙瘩　七个使徒在英语之外的尊严
七个使徒对时间的遗忘
温暖的咖啡馆　杜甫的心情　闲来垂钓清溪上　忽胡乘舟梦日边
中年的扬　像我从未出生的哥哥　他说梦见在一所

监狱里和我住过
此语令但丁嫉妒不已　诗人都是一座监狱里的同性恋者
道路泥泞　混杂着吃剩的麦当劳和卫生纸　达尔文的切片
根特的河像盘龙江一样古怪　“油和沥青　洋溢在河上”

哦　这是一架已经保险的飞机　这里已经没有任何问题
“新的转机和闪闪的星斗　正在缀满没有遮挡的星空”
马上就要下降　英语在报告地面的温度
晴朗　警方捕获在放置炸弹的黑手党　地铁再次客满
在铁鸟的两翼下　黑暗之桌已经把所有的灯座铸定

不可能想象下面还会有一匹真狼在执政
不可能想象一个兔子的党或一个蘑菇的社区
最丰富的想象力　也想象不出在阳光和水泥之间
如何容纳一匹黑色母豹与鹿群相依为命的生活
但我可以平静地接受一个水泥的国家　一部水泥的诗经
我可以接受一个水泥的妇产科　一片水泥的大海

一切都涌向现代去　这么多人　涌过了伦敦桥
“间或　也用英语交谈”
这么多人　那个作者可没想到
“那高空中响着什么声音”
会吸引了这么多讲究平平仄仄的读者
他没有想到　上帝的旧公园已经如此令人心烦

机舱中挤进了这么多的攥着登机牌的手
犹如干燥的树枝　抓住了烈火的边缘
“这里没有抱怨的声音　除了叹息
震撼着永恒的天庭”

“去故乡而就远兮　去终古之所居”
在时间的后院　并没有抵达事物的开始
从开始向着后来后退　却撞进未来的前厅　到站
按字母排列的　“不真实的城　在冬日正午的棕黄雾下”
被一份份逼真地复印出来　一座座移动着　犹如连锁店
城A　城B　城C　城V　城R　城M　城W
灰色的飞机场　已经把庞大的身躯和爪牙　摊开在

各国的郊区
像是在水泥的鸟巢中孵出的恐龙　它从黑暗中伸出
发光的长舌
吞下了我们　吞下　所有　驾驶员　空姐　机修工
中国人
希腊人　玛雅人　印第安人　所有　大亨　小偷
赤色分子　佛教徒
妓女　素食主义者　牛仔　总统　所有　下去吧
乘客
这是唯一的出口　没有一个人可以拒绝
“在远方　我们所能看见的　只是永恒的巨大的荒原”
从这个口进去　从那个口出来
不过是九个小时　不过是撅了几个键　Enter！
我已经在一大片拼音中间　晃着两只陶瓷的耳朵

1996 年 12 月初稿

1997 年 2 月 1 日改

1997 年 5 月 16 日再改

1997 年 8 月 10 日到 8 月 18 日、22 日又改

10 月 15 日改

1998 年 8 月发表于《花城》 8 月再改

2000 年 2 月 23 日星期三改定

沙　滩

沙滩与大海　内地流传已久的圣书
美学顶礼膜拜的大礼堂
我付费　随着五光十色的旅游团来朝拜
落后于黑头鸥

整夜牵挂着　起早些　去证实　皈依
跟着海报上那些投奔自由的模特儿
穿着海魂衫　奔过白沙滩　向着碧浪

在地球的那端啄着什么

抬起另一只腿　察看脚尖
我的导游是一只灰鹞
我信任它　不会骗我去购物中心

全在这了　茫茫一片
藏着亿万只推动虚无的砂轮
永不厌倦　堆积着稍纵即逝的雪

波浪伸出一排排戴白袖套的手臂
模仿纳粹党徒　向无形的元首致敬
崇高的力量聚积起来又向低处坠落
仿佛在内疚　跪在大地的台阶边忏悔着
吐出沙米　贝壳　月华　渐渐明净

霞光从远处袭来　另一位

举世瞩目者就要一跃而出

“东临碣石　以观沧海”

庄严　雄浑　整一

“无法较量的伟大”

厚德载物　哦　苦海　您的丰乳肥臀

您的母仪天下　您的万年方阵

您的洁癖　您的绝对正确

您的大包大揽　您的大起大落

您的大合唱　挡不住厌倦

高潮终结处　出场的是……

沙滩

谁敢冲这光明磊落的大堂撒尿?

那么多小便去了洗手间　汩汩　潺潺

支流　主流　末流　寒流　暖流　羊水

口水　汤　泔水　香水　乳汁　汗液　黏液

墨水　盐水　洗澡水　油漆　温泉　冰块

泪状物　雨水　酒　血　自来水 恩泽

弱水三千　一股股淌进沙漏　回到黑暗的胃脘

昨夜墨迹未干　黎明的海涂

刚刚镀过银　谁在对镜梳妆

可以踩吗?　探一只脚试试

海洋局的种族歧视

那边是五星级白沙　禁止入内

浴巾 （从背上滑下

她朝着席卷而来的那一方奔去

躺在椅上的胖子按下快门

终于抓拍到在摄影界

称为“怀抱”的那种

有可能登在新杂志的封二）

“我们的假期多么快乐

住五星级宾馆　得到歌星签名

这儿的海滩不脏

全是英俊的人

大家穿着游泳裤

玩水　晒太阳……”

救生员高坐瞭望台

甩着两条工薪阶层的细腿

他每天有八小时处于君王地位

他的任务是在沙子中识破

下一位溺水者

假肢　终于被晒成古铜色

（夏末回到公司

无人再嘲笑他的皮肤）

剩下的香蕉皮蹲在废墟上捏着水果刀

像个用光了标本的医生

台风一来旋即破碎　秋天深处

有头古兽披头散发探出脸来
挥舞暴风雨的巨刷为自己上妆
没有眼睛没有鼻子没有嘴唇
无边无际的青面獠牙

此行不虚　“江山留胜迹 我辈复登临”
也发现未及收拾的另一幕
去粗存精是一场无国界的美学运动
照相机们的盲点　观光手册省略不谈
抒情诗小贩　一辈子只是在盘子边上
拣些海螺渣和鱼目　缠着游客贩卖工艺品

大海之侧　是我们的废墟开始之处
世界的另一张脸　“丑得如此精美”

偷渡客包括那批死老鼠
有一只四肢朝天　鼓着白胎盘
走慢些　别踩坏它的天国

集体避孕成功　塑胶做的假阴道
这里一个　那里一只　再一只
高音喇叭和窃窃私语散去
动物园只留下痰迹

泛白的煤渣冒着青烟
像是刚刚走出岩层的矿工
喘着气

一个骷髅头

（耳蜗在淌水）

长柄镀银汤勺

粘着流行于中产阶级晚宴的粉绿色芥末

靠背倒塌的丝绒椅子

憋着一只脚

跪下来

一根铁棍

瘦骨嶙峋

断齿的锯子

滑丝的手术钳

磨成了藤子的钢丝索

散架的捕鼠夹

断领带　空书包

半只手铐

只有一只脚的

拖鞋　高跟鞋

长筒小羊皮意大利手工鞋

溜冰鞋　跑鞋　布鞋　削足适履

“大海女王把自己的脚放进去”

老师很喜欢这一句

她正在浅滩上教作文

钻头和

丝织内裤

花瓶（插着枯枝）

男式长裤（拉链撕裂）

仿金戒指　丢弃在

“深深的海洋”

它刚刚走开

波浪的伤兵裹着白绷带

后脚跟上沾着沙粒

玻璃渣

（一个故事的尾声？）

信用卡片　钥匙　空墨镜架
一堆药片　小圆镜（那轮
掉在水里的月亮捞上来啦）
西瓜皮　被咬掉一半脸的苹果
耳环　假牙　劳斯莱斯的后视镜
（这一伙昨夜狂奔在 13 号公路）

一架死风筝的勒巴骨
被倒闭的杂货店缠住

汽油桶和沐浴用的喷头
有只手机的话痨痊愈

被开胸验肺的剃须刀
露出塞满灰烬的腹腔

指挥刀
缺口　生锈
大军阀的?
日本人的?
美国人的?
他的?
刀刃卷曲着
成功地模仿了一个浪

空沙发
（露出了海绵）

修脚刀

洗得干干净净

就像少女发亮的趾骨

一颗螺丝

从某个齿轮上掉下来

大海松了

亚克力浴缸

患着湿疹

塞满结石的肾

从奶粉罐里逃出来

（达利先生 您是一个过时的
超现实主义者）

油画残片 （苏富比拍卖行第一名）
可怜的变形人儿 被海流吐出来

关节脱臼的坦克沦陷在大海的阳台上
长出了苔藓和温暖的苍色
就像青铜时代的次要雕塑
但还是屏住呼吸
躲开它吧

椰子壳 （此地是亚热带海滩）

连根拔出的水泥墩

（摩天大楼下埋的是萝卜种？）

太阳的大卡车驶过蓝色大道

押着一群戴金冠的

伪币制造者

秃顶的布娃娃

臭皮囊　一具具丧失了缝工

布匹破绽百出　就像荧光屏中的居民

彼此隔绝　语法失效　到处是短句

分局　断句　残句

时间啊　请严刑拷打

我愿意全盘招供

啤酒瓶盖　锅盖　水壶盖　华盖

天灵盖　铁皮盖　塑料盖　掩盖

遮盖　覆盖　桶盖　礼帽　乌纱帽

笔帽　塞子　口罩　节育环　防毒面具

开关　刹车皮　指甲盖　耳垢

我们无法逃避自己的成就

水落石出　事物的原形都是趴着的

裙子趴着　西装趴着　牛仔裤趴着　马褂

趴着　寿衣趴着　工作服趴着　大树爬着　封面

趴着　墙壁趴着　商标趴着　标语爬着　入场证

请柬　口罩趴着　旗帜趴着　假发套趴着
摩天大楼上的水泥预制板爬着　戴乳罩的云
爬着　装在火柴盒里的闪电爬着
昨夜那场大暴雨　当它瓢泼时
我正在房间里犹豫着是否脱掉鞋子

“我们的想象力里有一个进展到无限的企图”
（此书还剩一页　康德《判断力批判》89 页
上下文失踪　只看得清这一行）

我曾将一生托付给你们　那张
柚木做的雕花大床　那只铁皮做的炉子
那只象牙烟斗　那枚翡翠戒指　那只黑陶花瓶
那本工作证　（标准像是两寸的）　那个门牌

（乌衣巷 28 号） 那些鸡蛋壳（我每天要打烂两个）
那串檀香木的念珠　那个亚麻布灯罩　那张书签
（我记得是夹在精装本的苏东坡的诗集深处）
那些在会场上空一浪一浪荡过来的大标语　那些邮票
那个玳瑁烟灰缸 那幅老花眼镜　那只棉布鞋垫
那只竹笔筒　那个咖啡壶 （1994 年购于
哥本哈根） 那双黑漆筷子　那些 U 盘　顶针
指甲钳　纽扣　肥皂盒　牙刷　胡椒瓶　那些桶
那些坛坛罐罐　那些旮旯角落　那些零零碎碎
哦　那些卿卿我我　羁羁绊绊　寻寻觅觅　叮叮当当
我的织布机　我的组织　我的经纬　我的天罗地网
我的光荣与腐朽　骄傲与自卑　我的自私与阴暗
我的激情与冷漠　失败与胜利　空虚与充实

快乐与忧伤　仇恨与感激　归属与背叛
我生命的熔炉　一只只　冷却在停尸毯上

滔滔不绝被死水一点点包围起来
纸上的船比大陆架上的那个下沉得更快
哦　大海　你不能收回你的彼岸
我的存在需要一个永不怀疑的庇护者

天地无德
把那坨干屎蛓叫作风火轮
把那些惊涛骇浪叫作冶炼厂
把那根鸡毛掸叫作金箍棒
把那块纸巾叫作飞毯
把那面硬币叫作照妖镜

这就是自由

风在搬运乌云的黑辎重

暴风雨在急行军途中

钓鱼者收起渔竿捂着帽子成群逃回老家

有一个被雨锤击中倒下来

朝看不见的母亲哭喊着

波浪　何必推那么高

虾仔们只想抱一只老水罐

躺在沙垫上产卵

传说暴风雨将从后台入境

一些鱼要留在树上成为叶子

一些叶子要回到海底变成沙眼

“为什么我的眼睛里常常含着泪水？”
白发三千丈　在大海的蒲团上
伟大领袖外祖母教导我们
上善若水　逆来顺受

顺　伟大的神灵　随物赋形
在冥冥中令一切回到原形
好事者无法翻译　顺　汉字的神
三条水　顺着大地的册页
三条水　汉水 渭水　弱水
三条河　红河　滹沱河　黄河
三条江　长江 珠江　澜沧江

都是要服从伟大的顺

风是风吹着　头发是头发　飘着
天空是天空　蔚蓝着　光是
光辉照耀着　种子是种子
生长着　海水是海水翻滚着
花朵是花朵盛开着　海鸥是
海鸥叫唤着　大地是大地　盛着

波光粼粼　螃蟹和救生圈波光粼粼
飞机和海岸巡逻队的头盔波光粼粼
垃圾场波光粼粼　尸体和呕吐物波光粼粼
金子波光粼粼　浪头波光粼粼
戴墨镜的冲浪客波光粼粼

他正爬向波峰上的陷阱

诸神啊　赶着你的骏马
从东方回来　从西方回来
从南方回来　从北方回来
从天上回来　从海洋国回来

牧神啊　花神啊　爱神啊
大地之神啊　智慧之神啊
女神啊　海神啊　诗神啊
舞神啊　回来吧　回来吧
八仙啊　请雷神和魑魅魍魉出马
愿神祇像古代的暴风雨一样密集

拾荒人波光粼粼　弯着腰
像是古猿刚刚上岸　像是传说中的醉舟
不知深浅　刨呵刨　直到沙子
波光粼粼　直到底盘波光粼粼

冒险家的快艇沉入了大海的巨颊
像一个个气急败坏的巴掌

向着新的一日　散沙组成的旅游团在大陆架上集合
每位发一个塑料袋　装着矿泉水和方便面
渊关上了深喉　大海再次选举它的考古队
深蓝色的推土机在酝酿着另一场
老掉牙的大清洗　去终古之所居兮
埋头吃下去　昂首吐出来
美或丑都不是归宿　等着点名吧

回去　提着湿透的鞋（还剩下两只）

赤脚走回宾馆　有个密封过死猪肉和酱油的罐头瓶

挡着去路　想干什么　难道还要罐装滔滔?

一脚踢开　杂种　划吧

我知道你藏着玻璃刀的小心眼

血流出来　很新鲜　比大海红

于黎明后的正午　浸湿了一小块沙滩

喏　是我的

2009 年初稿于广西北海

2010 年 3 月 25 日改

2011 年 3 月 6 日星期日改

2011 年 5 月改

6 月 14 日星期二改

2011 年 6 月 24 日星期五再改

小　镇

波士顿以北
离机场一小时的路程
我来时淘金时代已近尾声
一只乌鸦正拖着黑箱子
逃向天空车站

男子飞来　就像一只灰鹭
忽然夹住自行车
一条腿支在人行道边
他的鞋带散了

后面藏着水声　是哪条河

苍天放下铅灰色的桶来

姑且听着　沿着践踏已久的小道

怀着原始的信任　踩碎更多落叶

谁会开辟道路　引我去不祥之所?

我来了　我听见

戴着隐形助听器

在这里　在那儿

翻着人世的旧照

百花次第开放

之前是白玫瑰

现在是……矢车菊

怀揣护照　购买了保险
在肺叶下面卷起我的内海
洗白牙齿　系好领带　中年的关节上
我拧紧了格林威治的齿轮
先生们　我来报到
我也是祖传的良民

老松树倒在故乡山岗
得享天年的尤物
肩头被太阳燎过
仰慕者　迈步登上珠峰

立秋的第一场雨下得迟疑不决
铁桥发亮　想起母亲织的羊毛衫

还挂在二楼的壁橱里　会不会
被去年的虫子咬穿

一切都原封未动　只等着投稿
我看见　舅妈在白云下晾新洗的被单
我看见　玩扑克的大伯系着红领带
我看见　蜘蛛网依旧挂在针叶树和红杉树之间
我知道　涧水冰凉彻骨　石头里裹着迷雾

我记得
洗脸镜前有个缺口的玻璃杯
插着一家子的牙刷

无人站在桥上

仿佛我是来找古董

仿佛我流放归来

跟着牧羊人重返家乡

青年时代我读过这些

苍白的作者啊　个个忧天悯人

在晴朗的年代预言衰败

他们的翅膀总是跟着落日下沉

气温下降　公寓灰暗

忽然亮起一盏灯

那家厨房里　金发嬷嬷撸撸袖子

开始烹制晚餐　呵　远古的光芒

房间里抬走过人瑞

继承他的传统
我黎明即起
绑好昨天的扫帚
洒扫庭院

疲惫的夏天在撤军
从一片山毛榉的叶子开始
轻微地紫

远山中卧着一头绿熊
永恒的失业者　没有牙齿
没有推土机　没有地覆天翻
只有伟大胸怀　毛茸茸

为上帝保管着秋天

泪流满面　　我脱掉鞋子
投奔溪流　山岗　投奔树枝上的鹫鹰
它严厉地召唤我　像另一位父亲

初来乍到　不知深浅
白皮肤少年在河心游泳
喊了一声　小心漩涡！
父亲的警告一直记在心中
脱口而出只为晚辈
昆明话　他们听得懂的

下午三点　橡树吃掉钟声

老教堂长满白发

旧钟在塔尖一亮

又一次将异乡人叫醒

像那位旅馆服务员

先生　注意您的时限

我迟到了

神甫刚刚弯腰

钻进小轿车

后座丢着散页的《圣经》

发福者坐在前排

被丰田公司的安全带绑着

柏油路面年久失修

七拱八翘　崴着脚回到旅馆
家乡路呀到处都有

美女凋零　好汉残废
龙种顺着河流去了大海
秃顶的侏儒终于获得发言权
向夕阳老爹告状　对废墟飞短流长
恶意消散　诽谤像金子一样发光
当年……那阁楼的主人是个珠宝商
风流倜傥　在地窖里私藏步枪

修钟匠是大胡子约翰
从来不洗澡　白天醉醺醺
将生人视为知己

把流浪狗带回家中

有个夜晚为我开门

捧出一只金壳怀表

十九世纪造

水泥匠叫作汤姆

正直强壮　镇上的房屋

他盖过三分之一

当他敲门的时候

邻居们胆战心惊

你的梁歪了

你的马桶在漏水

小镇之花芳名艾米莉

福克纳先生一直没提
要留给下一部长篇

莫根大伯开着门午睡
他生下来　他独身
他生过四个小子
他在供电局支取薪水
唯一敢破门而入的家伙
是那几个抬担架的

守寡的姑姑住在珍珠街
有根黑项链锁进了首饰盒
狄金森的崇拜者　打扮与王妃略同
整日守着窗前的白玉兰

去年春天开了 57

今年春天开到 63

是不是再加一勺子蜂蜜

或者方糖　或者……盐

或者把亚麻窗帘换成棉布的

这场革命他犹豫了一生

黎明雨停　小水坑出现在柏油路面

慷慨秋天　送给大地水果

还送来这么多小圆镜

走近一面　低头瞅着自己

您的小舌刻着罗马字母

我的屁股烙着钟鼎文

我不认识在座的女士

我不认识在座的先生

言语不通　不必从一年级开始

阳奉阴违　　每个人都有一杯黑咖啡

一如弗罗斯特所见

或此或彼　总是有道路两条

一条铺着柏油　利在驱车

另一条被落叶覆盖　适合散步

如他所说　总得放弃一条

选择这边　暗地里就永远牵挂那位

所有的诗都为她写　唉

先知　您说出了一个真理

却忘记告诉我们　之后
您走的是哪条不归路
都有路牌的　这边通向本灵顿镇
那条　去往曼斯菲尔德山区

有条大狗溜达时看见陌生人
立刻改变路线跑过来　舔我脚后跟
古铜色的肩膀在篱笆前晃动
它的主人　自恋着肱二头肌的
晨练者　没有因此减速

草地上丢弃着一只搪瓷浴缸
谁曾在天堂的下午沐浴
谁曾洗头　为晚来的风暴

天空中架起一座虹桥
建设它的美人抬着剩下的云
转过了落日大道　又没遇上她们
总是在刚才　总是在从前
一场雨后　有人在花园里唱歌
我站在台阶歪着头察看天色

报纸头条　奥巴马声称
永不向伊斯兰宣战
运奶车转弯时
有个盲人在小酒馆里说
哦　祖国　你真辽阔

溪畔有一座小屋

很像陶潜旧居

屋后可以打柴

山北可以喂鹿

有浴缸 有热水管　啧啧

还有 EMAIL　美国的聪明

设计隐者之乐　也要设备齐全

红磨坊下面

河流垂着受伤的腿

谷仓腾空　用来展览碾砣

一幅幅旧照片 像是史前

像是人类穴居时代

我还没丧失记忆

有袋麦子藏在心中

此地的土壤多么肥沃
此地的农业相当肤浅
三百多年　还没耕到秋天
快餐车是两兄弟开来的
卖热狗和番茄酱　很难看
工业国的美食　两片嘴唇夹着
一根……　恕我形容粗鲁

户外总是不见人影　外地客心中疑惑
莫非德军入侵　半小时前　拖儿带女
家家户户人去楼空　忽然瞥见
电表一只只钉在各家门口

居民的内脏　线圈两端各有一根游丝
弹簧由转轴连接　灰壳玻璃罩下面
红色安培针从左向右流去
像一次永不拔出针头的静脉注射

秋天的午后
肯沃德在木房子里午睡
为使狗儿进出自由
他刚刚拆掉了门闩
他的湖躺在树林里
天空照看着它
他父亲已经去世
用来引水浇花的塑胶管子挂在墙上

谁被恶棍们糟蹋过
从前那些光荣的正午
正直的深夜
哦　小镇
你的撒旦藏在哪了
那么干净的街道
看不见一堆垃圾
如此洁白的床单
飘扬在杰克家门前
就像总统府的后花园

你告诉我那块石头纪念的是
俄克拉荷马的乔
在世时他是一位同性恋

白色的石灰岩

苔藓刚刚爬过一半

他写长诗　用铱金笔

为了字迹粗犷　扳弯了笔尖

走开时我又看了一眼

平生第一次回头去看一块石头

我记得　黑熨斗烫煳过妹妹的百褶裙

我记得　柚木盒里放着半盒旧照片

我记得　抽屉里还剩邮票三张　我记得

笔筒里藏着铜钥匙　米缸里睡着小老鼠

我记得　后院里长着枇杷树

房头上开着野菊花

你的家什么时候盖起来

哦　四十年前的春天　一处山坡空着

有人说　你要有另一栋房子

就开始盖房子　有人说　要有水

我们就从湖里引来水　有人说

立地基的话　石头是好的　就去采集

立起柱子　砌了墙　安了窗户

让它对着远处的山岗和乌云　背靠云杉

有人说　这是好的　我们一家住在楼上

楼下是起居室和厨房　我们喜欢吃苹果

草莓和蘑菇　有时候会打到麂

林子里什么都有　熊总是在睡觉　这是好的

后来我们一直住在这里　祖父和祖母埋在附近

我们自己会埋在附近　我想那儿比较好

指了指落日　明天要修一下瓦檐
有点儿漏水……雨季就要来了
罗恩回答着我的问题　觉得可笑似的
摇摇头　继续涂抹果酱　他妻子做的
集合了隐秘在青山之间的甜
轻巧地涂着　在一块燕麦面包的表面
掠过一道彩虹般的东西

干活的下午
四下里看不见女眷
有条绣着野蔷薇的披肩扔在山坡

教授住在谷底

二十年来一个字也没写出
对外模仿寒山子　做高人状

总是感觉天阴
睡觉吧
明天也许爆发起义

埋掉汽车　披上长发 背起睡袋
嬉皮士梅丹里在月光下动身
跟着守夜的母豹　他走大路也抄小径
他越岭翻山　他脱光衣裳渡过康涅狄格河
他在弗蒙特地方逃出美国
他坐在黎明的湖畔
他站在乌鸦中歌唱

葛兰台先生荣归故里

去时爷娘妻子走相送　坐的是大巴

归来是孤儿 鳏夫　患者　银行家

一坨石头扎进了深井　整日闭门不出

到处找那只煎锅　他妈妈用过

户籍簿一页页失踪

结婚的请柬举棋不定

最后一个小偷四十年前投靠纽约

警察局的白天　手铐挂在墙上

像一篇空洞无物的作文

他一生都在练习长跑

只等着蒙娜丽莎逃出镜框

双双携手　连夜私奔
世代相传的风流罪
可以赦免　况且未遂

小石子　被山中流下的泉带到了大路边
就像从前乡下的小孩那样蹲着
一边看汽车一溜烟　一边在梦想
有一辆会带走他们

小地方的姑娘不谙世事
学着春风　模仿流云
打天蓝色的伞　穿开胸的裙
人生阅历可以虚构
偷猎的游客悄悄按下快门

为寂寞的冬天留下遗容数张
逢人就拿出来　说是他的艳遇

阿发来电话　他从波士顿来接我
一起吃炸鸡　到天黑又说不来了
女朋友在尚普兰湖等着他
这个重色轻友的家伙啊
在 100 公里外的岔路口
握着手机　笑嘻嘻

黑皮肤的母亲
头发白了
在晚年

小河上从未漂过尸体　居民都是好人

日复一日　左手持叉　右手握刀
一片牛排切成四块　撒点胡椒
用叉子送入口中　揩揩嘴角
他们会无疾而终　在七点正
在三点半　在春天的月圆时分

卖古董的大叔怀念妹夫
1966年　邮递员返回原籍
泥牛入海无消息　只回过一封信
有个密码一直未解　问我
What is that animal ？（那是什么动物？）
叫作“反革命”

像一颗碧玉钮子

湖被钉在青山衣襟

外祖母的针线活

线头藏在黑暗里

只闻流水淙淙

她总是谆谆教诲

冬天要吃萝卜

夏天要吃生姜

三月三　荠菜花儿串牡丹

掀开森林的帘子　我去罗恩家做客

两层楼的木屋　自己动手盖的

夫人端出蘑菇面包梅子　儿媳妇沏茶

孙女在摇篮里　儿子在青松下

邻居肯沃德在山后看书

像一片落叶

枕着祖传的湖

路过时看了一眼

没惊动他　轻轻走开

跟着心中的溪

迷路

晾在阳台上的旧裤子

指引我回家

仙人有时会现身超级市场

对着一筒罐头摸索藏在衣袋里的老花眼镜

咖啡店里没有青年

侍者在楼梯上模仿跨页美人

无法企及的假　令那性感的雀斑

怀着美丽的忧伤

走廊下　自动取款机嘴唇开裂

就像垂死的无神论者

即将赤条条地离开

无人厚葬它

一大早　开着坦克般的锄草机

工人阶级在花园里横冲直闯

把参差不齐的青草

剃得整整齐齐就像
斯大林同志的铁下巴

他是自由主义者　主张多元
唯一的小心眼　讨厌总统肤色
那一位是白的　他攻击大白菜
那一位是黑的　他盯着黑暗面

干瘪的调色盘扔在垃圾堆里
像伦勃兰先生的屎
先锋派画家白发苍苍
在晚年终于醒悟
此地风景如画

坚定不移的是逃亡者的母亲

枫树下　她搬来一把新躺椅
对着黄昏自语自言
就要看不见了　看不见了……

野猫在碑林中回忆着
失传的虎步
看上去如此

外祖母总是跟着我旅行　无论在家乡
还是汽车里　无论是梦中还是白天
穿着旧社会的蓝布长衫　搭扣上系着块手巾
通常她不说话　有时候会忽然唠叨个没完
在弗蒙特　她说　那一年中秋
你外公在武成路买下了他的第一个铺面

隔壁是卖瓷器的老周　然后是拍卖行

然后是水果店的杨大婶　再过去是卖金子的

叫……朱桂　底了（昆明方言：过去）

是铜匠铺　然后是棉花匠龙三爷的铺面

再过去些　文庙旁边　有一家棺材铺

我的寿材就是在那家订的　后面是中和巷

巷口是三一教堂　你舅母住在隔壁

然后她睡着了　过一周又说起来

接着上次的话　落后（昆明方言“后来”）

家家都关门了　只有一家国营的米店开着

他们穿着军装发米给我们　好稀奇

弗罗斯特死了

家族墓地修在教堂一侧

长出了大树　他在一首诗里提过
叫什么来着？
冬青

森林内部　黑暗的祖国正在开会
阴晴未卜的天空里藏着下一场暴雨
汽车灯在摸索死去的路标
我忐忑不安　想起那些陈年旧账
我心惆怅　梁园虽好　总是他人之乡

树皮下面露出的枯枝
在阴暗林子里更显苍白
想起父亲的左臂　遥远的一天
躺在云南省中医院

一只脚露在被子外面

告密者的 X 光在搜查他的关节

木匠盖瑞膀大腰圆天天弹吉他

木匠盖瑞他姑娘肤若凝脂喜欢打鼓

木匠盖瑞他妻子娇小玲珑会吹黑管

木匠盖瑞他儿子胖乎乎热爱小提琴

木匠盖瑞一家练习了一年又一年

木匠盖瑞一家星期六要大显身手

木匠盖瑞一家开着吉普车来了

乡村音乐会

夕阳照耀着黑头发

夕阳照耀着白头发

夕阳照耀着金头发

夕阳照耀着老歌手的大胡子

夕阳流进了草地

月光在钢琴上升起

她本心仪我们全体

她会做个良母贤妻

跟着做律师的丈夫

随着任镇长的夫婿

搂着当花匠的郎君

守着镶牙齿的爱人

尾着在税务所写字的伴侣

陪着在殡仪馆整容的老公

她要脱掉高跟鞋　牵着忠狗

她要抱着牙牙学语的海伦
她要率领一群高山般的儿子
走出地窖　去河岸上种植土豆

瞧啊　金色的长发在涨潮
高耸的胸脯漫过了河床

只等有个色胆包天的小子
站在春天的高压塔下
先开金口

那么多春色满园的夜晚
那么多鸟音婉转的白昼
都以为她好高骛远

都以为她要嫁给总裁

当我们在停车场上调试刹车
当我们一首首传递龌龊的色情诗
瘦小子 跳啊跳　穿着红裤子
日日夜夜和世界跳着贴面舞

头碰着头　手抓着手
眼神对着眼神　嘴唇对着嘴唇
心肝对着心肝　肚脐眼对着肚脐眼
下半身对着下半身

他是夜夜做爱的大师
他是见异思迁的流氓

他电光闪闪骑着摩托飞来
打一声口哨就拐走了女生

老处女梦露明天要嫁给外地人
断交的请柬洒遍家乡
故乡的烟囱突然衰老
晚餐冰凉　十一只烟斗掉在地上

朝阳里
大雁列队飞越教堂
集体倾斜时获得一排镀金之檐
继续朝着黑姑娘的南方

远方来的汽车有几辆会停下加油

方向盘上的脸谱换了
司机一职永生

骤雨初歇
青苔下裂缝滴着秋水
如胶似漆的恩爱
发生在街面

乡村歌手老掉了牙
夜幕降临就对着翠谷空山
放出关在深喉中的狼

松鸡在傍晚的舌尖上衔起一根做窝的干枝
马达声消失在 15 号干线

雷声滚滚　暴力在发布新指示
闪电磨亮了它的斧子
下一颗脑袋在哪儿
后退一步　靠着教堂的圆柱

黑暗的高中
操场等着再次复活
篮球板上的绞刑架
吊着网状的魔鬼教师

故乡偶尔来信　张三长
李四短　字迹焦黑
说的都是一个意思

拆房子的人就要来了

生活是一位年迈的战士

我梦见瞎眼的外婆

抱着青花瓷枕

站在 HOTEL 的大堂

哦 乌鸦 救我

请让我的语词跟着你穿过落日

回那黑暗之家　请让我的心

再次成为你的象征

旧长椅上镶着一块铜牌

某某在此坐过　1842

旁边的森林什么也没有写
来过的山雀啄光面包渣 也走了

两百年前发现的泉还未干涸
无人汲水　星星掉下的死眼球
在最后一只木桶里漂着

跟着白云　棉絮远走高飞
床笫倒塌　老宅等着出售
灰蒙蒙的镜子深处
出生壁炉的幽灵长出豁牙
把发霉的蜡烛当作早点

毛纺厂的王裁缝眼镜开裂

缝纫机依然在礼服中嗡嗡

总有一天　浪子们会衣冠楚楚归来

在教堂后排正襟危坐　主席台上

老耶稣歪着受难的头　未置可否

深夜的太空

传来溪流的磨齿声

听见者仅王维之耳

往昔他说起过

在长安时

呵　失败的外省　邮筒空空荡荡

斗转星移　大道依旧漫长

已经来了　这个写诗的坏蛋

2010 年 8 月草于弗蒙特的詹森镇

2011 年春节完成于昆明

2011 年 8 月 12 日星期五再改

2012 年 12 月再改

2016 年 5 月 4 日星期三再改

在沙漠与绿洲之间

1

转动落日之轮

乌鸦统治黄昏

只有一个轮子

只有一只乌鸦

大漠孤烟直

2

苍鹰光着脚　蹬开森林

投向天山中那些积雪建造的白塔

又发现了新的高度

茫然多年的眼神复活

眺望　瞻仰　跟着它飞

哦　鹰　我的老师　我的神明

我又回到天空的教室

跟着你从黑板的左边转向右边

3

积雪在上　峡谷在左　苍鹰在右
有支队伍浩荡而下　二十匹骏马
两条白狗　三匹骆驼　牧人滚滚袭来
扬着络腮胡的哈萨克同志啊　四顾群松
样子比当过国王的先人英武
他歌唱时　溪流自动为弦
云朵掉下 花闭上嘴打开耳朵
羊群从此站起来了　英雄高过天山
也高于身后的女眷　身高而已
她更高　背着儿子和水罐
背着奶酪和盐巴　背着酒和葡萄园
碧蓝色的赛里木湖躺在眼眶深处

4

大巴扎　羊肉锅前坐满食客

高汤煮滚又一个早晨

戴白帽子的爷爷站在中间使勺弄碗

腾腾白气混淆了他的大胡子

吆喝　捞面　跳山羊舞

大家信仰不同　都敬畏着某一位

在天上的　有人什么都不信

也要围着这一锅　转

喝汤的声音都很响亮

像是在念无词的赞美诗

5

夜晚来临　沙漠在月光下走动

数着自己的脚指甲

垦荒者的船舱黑黝黝

如果他们中的一个从梦里走出来

就会看见那些死去的宇航员

6

别说得那么抽象吧

永恒具体得很

不必去瞻仰浩瀚星空

就数数脚下的沙子

捧一把置于掌心　叹口气

沾些口水　一粒接着一粒

请点数　哲人

7

旅行家起得早 本地人起得更早

魔术师住在天空背后　宇宙的烤炉里

总是有神秘星光　啊　新的一天

白杨树又歌唱　大地的餐桌旁

坐着水井和村庄　父亲在刮胡子

儿子拔起了鞋跟　太阳大厨抬着金黄的馕走来

母亲放下镜子　走进厨房

8

大地是一本永恒的圣经

再次打开它　从黎明这一页

维吾尔人的村庄迎接新的一天

家家门口站着洒水的人

母亲之水从眼窝淌出

爷爷之水从皮肤下面的泉眼流出

少女之水是一只只开屏的孔雀

少年的水是一排裤裆前的彩虹

照亮学校后面的荒野

滚滚狂沙　摧枯拉朽三千里
臣伏在喀什噶尔的水桶前

9

女王总是穿着长裙子
在喀什　每家都有一位
正在绣花的塔吉古丽女王
正在浇花的阿娜尔汗女王
抱着孙子的帕里黛女王
坐在老墙下　缝补长靴的古丽夏提女王
妈妈　我去买哈密瓜　一王子说罢
剎着拖鞋穿过葡萄架　走出夏宫

10

日光烁烁　客车昏睡于颠簸中
天空的门框上吊着烘干的云
炎热的暴政　统治着海市蜃楼
是谁在沙漠深处贪污了海鲜?
白昼结束时　干尸们一具具坐起
梳黑暗之发　唱无声之歌

11

夜漫漫　一颗流星掉进葡萄园
没响　维吾尔族歌手拨开月琴

接着歌唱

12

在沙漠　大海化整为零

抛弃滔滔不绝的辎重

液体游击队在地图上找出秘密小径

从一颗葡萄潜入另一颗葡萄

13

有只馕搁在塔克拉玛干的烤箱

滚滚黄沙是它的面粉
地老天荒　那是谁
日夜在大地上揉面
哦　汽车转过路口
刚才那一堆已成平原

14

沙漠中间有个会场
一群代表在讨论水分子构成
论文集陈列在图书馆三楼
没有缺页　封面很新
就像起风之前的沙丘

15

那白杨听见了风的猫步
竖起第一只耳朵
接着是另一只耳朵
第三只耳朵　第四只耳朵
直到千千万万的绿耳朵
都朝着沙尘暴竖起来
直到它的身体注满力量
凝结成武器的形状但不是枪
直到那沙沙的猫变成怒发冲冠的黑狮子
直到那狮子的内脏被切开

16

金发导游将在日落前下班
转身吐掉啖了一天的口香糖
说出解说词的最后一段
蓦然间　少女声音苍凉
听起来像老祖母　1465 节
尤素甫·哈斯·哈吉甫说
“世界是往者　它已离去
死神是来者　它将莅临”

17

进入别人家乡　照相机趾高气扬

一台台微型坦克　伸出镜头纳粹

枪口旋转三百六十度　咔嚓咔嚓

闪光灯杀成一片　祖母老眼昏花

惊惶缩进门帘　爷爷强作欢颜

有人命令汲水归来的少女放下木桶

去换新衣服　妄自尊大　目空一切

——他们的诗意　暴力在美学上自有道理

局促不安　我不能愤怒　旅游团的风俗

悄悄地躲到一旁吧　暂且退出我的队伍

18

与摇曳多姿的江南柳不同
白杨树从不掩饰血液走向
枝枝向上　怒发冲冠喷入天空
“像一簇簇高举在荒凉广场上的火把”
我将向某个尚未出发的诗歌旅游团如此形容
但现在我靠着公路边的一棵老白杨
抖着上一次风沙落在领口上的灰

19

帐篷沦陷于落日

羊腿焦煳　羊奶依旧白着

葡萄酒依旧香着　湖依旧蓝着

女人依旧美丽着　儿子们的头发依旧茂密着

为夜晚上灯的星星们依旧忙碌着

暮色被夹在远方的公路上

有一把隐身的电锯在嘶鸣

20

没有路灯的村庄

藏着一家小酒馆

葡萄酒濡湿了花地毯

鞋匠和铁匠在打牌

先来的诗人饮酒唱歌

有一位喝醉了 他长相纯朴

酷似斯大林　酷似大王

尚未出山的年代

20 岁的气象观测员

睡在高加索山区的葡萄架下

脸上飞翔着红色的梦

21

月球的另一面是那枚暗红色的葡萄

沉睡在天国的边境以外

透明　怀着处女之血

上帝派出的宇航员只能抵达
沙漠的第一粒

22

金属管子插在大地的静脉
无神论者的石油城一片雪白
起风时　白杨树全体转身向上
竖起一千只手臂　跟着千手观音

23

《福乐智慧》写了十八个月

从巴拉萨衮的沙丘开始

在喀什噶尔的葡萄架下结束

先知妙语连珠　说出幸福的知识

尤素甫·哈斯·哈吉甫

说完了

含着一颗马奶子葡萄　躺在洁白的陵墓里

周围环绕着伊斯兰庭院　我鞠躬　致敬　聆听

向哲人和他背后的白杨树

向他的水井　花台　天空

向他的落日和丢在大理石台阶上的

黄金之弓

24

生活创造光也创造阴影

阴暗就是凉爽　灿烂就是酷热

维吾尔人躲在老屋的阴影下纺织毛毯子

外地游客在阳光里东张西望

刚刚买下的纪念品正在发臭

25

楼兰女王　一个芬芳的名字

含着朝露　过尽千帆皆不是

梳洗罢　独倚望江楼

艳词丽句的海在远方
只留下一截焦黑的鱼干
躺在博物馆的玻璃橱中
代表你如花似玉的往日
博士们在那凹处放置了一个标签
“出土于罗布泊地区　距今 2000 年
发间插有鸟羽　　埋葬时应是新娘”
考证太干燥　就像沙堆
哦　新娘　我仗笔而来
你还有一场婚礼
将在我的语词中举行
我会切开时间的大漠　在第一页
还给你皓齿明眸　肤若凝脂

26

脱鞋　踮起脚跟进入清真寺

我非信徒 赤着脚

只是将我的习俗小心轻放

旅游团嫌麻烦　每人发一个塑料套

就不必脱鞋了　绝缘材料

统一了五花八门的鞋子

都是临时的

27

落日跪下

穆斯林晚祷的声音正穿过树林
雁叫长空　秋天在过河
还有多远啊　大路上又起黄沙
想起少年时读过的唐诗
露从今夜白　月是故乡明

28

飞沙走石的后面有支拆迁大军
它们要将那罐盐赶出家乡　疾风
昏暗　失去了塞子的沙漠披头散发
抬着它的巨盆狂奔　只能跟着逃啊
我是长途客车中的一粒黄沙

29

一只酒瓶盛满沙子

躺在塔克拉玛干以北

孤独的电线杆子下

露出暗绿色的独眼

细沙轻扬　风在旁边跟着谁的裙子跳狐步舞

某个宴会曾因它的背叛而暂停片刻

肝胆相照的政客扑空时

它遁入大漠　内容变了

有希望成为钻石

30

沙漠 每一粒都是干的

必须彻底干掉

干掉你的脂肪

干掉你的汗腺

干掉你的眼泪

干掉你的舌头

不含一点点水分

方可活在沙中

31

当我们驱车逃走　看哪

落日在古原燃成了一块红炭

一匹无人骑乘的灰马昂首嘶鸣

背着黄沙

2008 年至 2011 年

哀滇池

1

在这个时代　日常的生活几乎就等于罪行
谁会对一个菜市场的下水道提出指控？
上周末　在圆西路　夏季上市的蔬菜之间
嗅到一些马鱼的气味　犹如鱼贩的刀子
割开了一个包藏着黑暗的腹部
我呆立在构思着晚餐的人群里
一条冰冻的鱼　听不见了声音
要茄子还是牛排　我不懂

有人投过来只用于疯子的惊愕

沿着微光　向那有气味的方向去　被解冻

进入了回忆之水　从我的漩涡中

黑暗拆散　一个湖蒸发起来　光辉中的澡堂

出现了光唇鱼、沙滩和狐尾藻

红色的高原托着它　就像托着一只盛水的容器

万物　通过这一水平获得起源

周围高山耸立　犹如山神倮倮　在垂青地上的酒

河流从它开始　淌到世界的下面

落叶乔木和野兽的水罐

在土著人的独木舟中　坐着酋长的女儿

天空上白云堆积　总是被风一片片切开

像没有天鹅领头的　自由羽毛

静静的淡水　沙鸥永远向着一日的终点飞行

当它停下来　就像芭蕾舞先知

在虚构的镜子上　折弯一只芦苇

南方之岸是滇青冈林和灌木丛

北方之岸是神话和民歌

东面的岸上是红色的丘陵和盆地

西面的岸上是洞穴和孔雀

到处是钻石的语词

到处是象牙的句子

到处是虎豹的文章

哦　上帝造的物

足以供养三万个神屿

足以造就三万个伊甸园

足以出现三万个黄金时代

2

冶炼厂的微风　把一群群水葫芦
吹到上帝的水坝　像是魔鬼们绿色的粪便
一片混杂着鱼腥味的闪光……镀铬的玻璃
圣湖　我的回忆中没有水产　只有腐烂的形容词
我像一个印第安人那样回忆着你的鱼洞
……虚伪的回忆　我的时代并不以为你神圣
那一年　在昆明的一所小学　老师天天上语文课
教会我崇拜某些高尚的语词　崇拜英雄　但从未提
到你
在人民的神之外　我不知道有另外的神……
在课外　文盲的外婆告诉我　你在故乡的附近

像是说起　她预备多年的柚木棺材
我终于去了　或迟或早　昆明人总有一天
要去滇池　那时候世界不收门票
毛泽东时代的夏天　我第一回看到大湖
那一日　你像一只光辉中的巨鸟
从天堂的窗子里飞下来　穿过红旗
深蓝色的蹼　降落在古代的脚印里
群妖出没的正午　世界上的一切都渴望着裸体
尾随着　水灵灵的母亲　正置身于丰满中的母亲
进入另一位母亲　下水　我不怕水
我是无所畏惧的小无神论者
我知道它是另一位母亲　在我的直觉中
它被视为女性
用捏造着水族的手　用繁衍着卵巢的身体

用环绕水母的手　用充满着鱼腥味的身体
容纳我　我是你的果实　我母亲是你的果实
你用敞开着无数生路的黑暗之液　包裹起我
夏天是你的内容　我和母亲　是你渺小的内容
在童年的哲学中　我自然地迷信地久天长
我知道我会先于你死去　你是大地啊
我亲爱的妈妈　所有我热爱过的女人们　都会先于
你死去
在死亡的秩序中　这是我唯一心甘情愿的
你当然要落在最后　你是那更盛大的　你是那安置
一切的　母亲　幼儿园　房子　萤火虫和旋转木马
都漂起来
我像水生的那样　在你柔软的触须中弯曲
穿过　一册册棕色的海带　石头鱼的翅膀在我的脚

趾间闪烁

珍珠一串串从我的皮肤上冒出来

墨绿色的轮藻像岛屿的头发　缠绕着脖子

我双腿发光　有如神殿的走廊　有如纯洁的苔藓

但后来我在恐惧中爬上岸来　我感觉到你在里面

我看见你建筑在黑暗中的庙宇　你的冰冷的柱廊

我看见你在深渊中　用另一种时间主宰

我像一个被淹死过的　脸色惨白　说不出话

我不知道如何告诉他们　你在

那一年我还是在校的学生

我写不出关于你的作文

在干燥的词典中　你是娱乐场　养鱼塘　水库

天然游泳池　风景区　下水道出口

谁说神灵在此？但你的诱惑无所不在　衣服一日日

增多

从你　我随时可以返回赤裸　放浪形骸

多少个一丝不挂的夏天　落伍于时代的语文

整日在你的山野水滨漫游　像一头文盲的水鹿

遇水即涉　逢山就登

在时间的圆周之外　我多次遭遇永恒

3

一些长着毛的痕迹　一个空空的水池

淌着生病的水

宰割鳝鱼的四川人　用血淋淋的手

把黏乎乎的一团　塞进塑料袋　像一个肺

慢慢地膨胀起来　吐出了新鲜的腥气
这气味我太熟悉　它和水妖的儿子有关
六六年的夏天　他精着屁股　站在我旁边
渔竿架在芦苇上　他的苞谷面比我的揉得好
鱼只往他的钩上去　这边一动不动 水底下
总是有什么在闪　令人心痒 又是一条
他的波纹使我第一次体验了嫉妒
下午我们跳进水　表哥说　鱼在咬他的小腿
我乘机破坏了他的窝子　在黄昏的微光中
沿着波浪新做的岸　我们经过天堂回家
我曾经乘着木船　从灰湾经过草海　在那儿我发现
神殿　就在船底下　仙女们的眼睛闪闪发光
伸手可触　上面粘着红鲤鱼的绒毛　在牛恋乡
打鱼人告诉我　此地诞生过无数的祖母

每年七月　她们会坐着莲花　出现在湖边

当西风打击大地　我看见你扭曲起来

像被暴力撕破的被窝　露出一排排白色的棉絮

但我游过你深藏在水下面的心

发现它坚定　平衡　与海一致

当你安静下来　就沿着落日的脊背　滑下

像一匹深蓝色的　无国籍的旗帜

把帝国坚硬的一隅　覆盖

在白鱼口附近　从光脚板开始

我像傣族女人那样蹲下　俯伏到你温存的身体中

我曾经在西山之巅　听到过月光之锤在午夜敲打高原的声音

我曾经在晋宁城外　一个中国寺院的后庭

远远地看见你嵌在世界的黑暗里　泛着黄金之波

啊　滇池　你照耀着我
我自命是第一个　用云南话歌颂你的那个人

4

从清开始　进入更清　身体在液体中拆散　变形
向着鱼类的生涯靠拢　在玻璃的迷宫飞行
通过四肢　青春得以从死亡中逃脱
我学会了一件大事　游泳
我的世界越过固体的边界
深入大陆以外　我是水陆两栖人
一万次跳进滇池　在膨起的波峰间穿梭
像穿过一只只丰满的乳房

在暖流或寒流的活页中舞蹈

体验着不朽的爱情之马

在无人之境　兴波作浪

透明者纷然破裂　但在后面　镜子立即弥合

又在前方敞开　侵入者不会被划破

你是镜子　通往虚无的边界

又是具体的潮湿　液态　浮力　深度　冷暖

歪曲正规的线条　破坏既定的水准

向下　进入不能呼吸的黑暗　向上　张开野兽的嘴

在一条黑尾鲫的耳朵旁边　喝一口活水

在有形中体验无形的自由

在国家的统治之外　开辟超现实之路

你引领着我的肤浅和纵深

温暖就温暖　冰冷就冰冷

抽筋就沉下去　你从不虚报水文

青年时期我的情绪反复无常　拜伦的海

夸张的变形是为了脱颖而出

喧哗与骚动　颓废与孤独　你一直在场

一次次在岸上撞得粉碎

又一次次在你的接纳中复原

你是一份默契　一个常数　一个圆

一个我不能制造的容器

十六岁我有十六个水淋淋的世纪

十六岁我有十六个健美的朋友

十六岁我有十六个光辉的夏天

生命的希腊时期　裸体　健康　结实

在人群中　我的皮肤呈现为棕色

5

那些棕色的时间　永远地从我的皮肤中失去了
那些水生的语词　用普通话无法寻找
目前我是一个经常使用肥皂的胖子
气喘吁吁　盘算着什么菜维生素会多
记性中尽是漏洞……　一根铸铁的瘘管
我不知道在它后面的是谁的大脑
死海味的污血　污染了我的鞋跟
我看见死神　坐在黄色的船上看着我
我再也想不起你的颜色　你是否真有过那些
湖蓝　碧蓝　湛蓝　深蓝　孔雀蓝?
怎么只过了十年　提到你
我就必须启用一部新的词典

这些句子　应该出自地狱中文系学生的笔下

“从黑暗中　那个坑抬起患着麻风病的脸

在星空下喘息　没有人游泳　也没有受孕的鱼

有人在工厂的废铁场后面　挖着死老鼠”

发生了什么可怕的事

为什么天空如此宁静？太阳如此温柔？

人们像什么也没有发生一般　继续着那肥沃的晚餐？

出了什么可怕的事？

为什么我所赞美的一切　忽然间无影无踪？

为什么忽然间　我诗歌的基地

我的美学的大本营　我信仰的大教堂

已成为一间阴暗的停尸房？

我一向以你的忠实的歌者自封

我厌恶虚构　拒绝幻想

哦　出了什么事　我竟成为

一个伪善的说谎者

我从前写下的关于你的所有诗章

都成了没有根据的谣言！

我沉思过死亡　我估计过它可能出现的方向

我以为它仅仅是假惺惺地　在悲剧的第四幕姗姗来迟

我以为它不过像通常那样　被记录于某个凶杀案的现场

我以为　它不过是　从时间的餐桌上

依照着上帝的顺序　一个个掉下来的空罐头盒

谁曾料到　此公　竟从永恒的卧室中到来？

不是从那些短命的事物　不是从那些有毒的恶之花中

不是从那些众所周知的暴行　死亡啊

在我们所依靠着的　在我们背后

在接纳着一切的那里下手　死神
不再是希特勒的图腾　也不是殖民者的指南针
它是色盲　它看不见　它听不见
无是无非　麻木不仁
它分不清红与黑　分不清左派右派　男人女人
英语汉语
它分不出日耳曼人犹太人　分不出滇池与塑料薄膜

分不出血液与石油船　肝脏与码头　它是一切的
一切　毒药　杀手　它是全人类的集中营
它没有地址　没有党籍　在任何国家都找不到
它的巢穴　它不是一颗原子弹就可以结束的战争
不是一打针水　就可以消灭的细菌
它被随便地印刷在一份食品的配方上

它蹺着腿坐在洗澡间里　它是运往非洲的盐巴
它是今夜加利福尼亚的中国餐馆里　一只食欲正常的胃
它要我们在脱去拖鞋时死去　在漱口时倒地身亡
它已经越过战壕　越过绞架　哼着口哨来到厨房
进入花园　对着枕头露出了假牙　它潜伏在生活的小处
一切细节之中　杯子　茶叶筒　潜伏在秋天的肚脐眼上
它化妆成我们的新娘　打扮成湖泊　山岗
我们不信任政治　在婚姻中图谋不轨　对医院半信半疑
但对风和春天　对水和植物　对大自然　对卧室和后院
对故乡滇池　依旧深信不疑
世界竟然如此荒诞
我们活着　滇池死去！

永恒　竟然像一个死刑犯那样
从永恒者的队列中跌下
坠落到该死的那一群中间
哦　千年的湖泊之王！
大地上　一具享年最长的尸体啊
那蔚蓝色的翻滚着花朵的皮肤
那降生着元素的透明的胎盘
那万物的宫殿　那神明的礼拜堂！

6

这死亡令生命贬值
这死亡令人生乏味

这死亡令时间空虚

这死亡竟然死亡了

世界啊　你的大地上还有什么会死？

我们哀悼一个又一个王朝的终结

我们出席一个又一个君王的葬礼

我们仇恨战争　我们逮捕杀人犯　我们恐惧死亡

歌队长　你何尝为一个湖泊的死唱过哀歌？

法官啊　你何尝在意过一个谋杀天空的凶手？

人们啊　你是否恐惧过大地的逝世？

哦　让我心灵的国为你降下半旗

让我独自奔赴你的葬礼！

神啊　我出生在一个流行无神论的时代

对于永恒者　我没有敬畏之心

我从你学习性灵与智慧　但没有学会敬畏与感激

哦　黑暗中的大神　我把我的手浸入你腐烂的水

让我腐烂吧　请赐我以感激之心　敬畏之心

我要用我的诗歌　为你建立庙宇!

我要在你的大庙中　赎我的罪!

诗歌啊

当容器已经先于你毁灭

你的声音由谁来倾听?

你的不朽由谁来兑现?

诗人啊

你可以改造语言　幻想花朵　获得渴望的荣辱!

但你如何能左右一个湖泊之王的命运

使它世袭神位　登堂入室!

你噤声吧　虚伪的作者

当大地在受难　神垂死　你的赞美诗

只是死神的乐团！
回家吧　天黑了　有人的声音从空心菜和咸肉那边传来
我醒来在一个新城的夜晚　一些穿游泳衣的青年
从身边鱼贯而过　犹如改变了旧习惯的鱼
上了陆地　他们大笑着　干燥的新一代
从这个荒诞不经的中年人身边绕过
皱了皱鼻头　钻进了一家电影院

写于 1997 年 1 月

修改于同年 5 月至 6 月 6 日、6 月 7 日、8 月 13 日、8 月 17 日